Charles VÉREL

Robe Blanche

COMÉDIE EN UN ACTE

(Sans *Qui* ni *Que*)

ALENÇON

IMPRIMERIE A. COUESLANT

1912

Robe blanche

COMÉDIE EN UN ACTE

(Sans *Qui* ni *Que*)

PAR

CHARLES VÉREL

PERSONNAGES

OLYMPE CAMUSAT, débitante de tabac, 60 ans.
SAMSON PETIBEAU, concierge, 65 ans.
LOYAL, marchand d'antiquités, 50 ans.
DUPONT, antiquaire.
LEBLOND, menuisier.
BERTIN, commissionnaire public.
POLYTE, ZIDORE, compagnons maçons.
Un voyageur.
Un gamin de 12 à 14 ans.
Clients muets [1].

La scène se passe dans un débit de tabacs du quartier Montrouge à Paris. Accessoires ordinaires.

SCÈNE I

OLYMPE, puis PETIBEAU

(Au lever du rideau, la débitante est à son comptoir. Les clients entrent et sortent rapidement : *3 sous à priser ; un paquet de cigarettes à 0 fr. 60 ; un paquet de tabac à 0 fr. 50 ; cinq sous à chiquer*, etc. Mlle Olympe sert majestueusement sans mot dire).

PETIBEAU

(*En redingote très longue, calotte noire ; très aimable*). Mes hommages respectueux, chère demoiselle... Vous allez bien ?

[1] Les clients muets se bornent à déposer des pièces de monnaie sur le comptoir, à choisir leurs cigares et à les allumer au bec de gaz à ce destiné. Leur passage en scène doit s'effectuer rapidement et avec le moins de bruit possible. On peut varier les types à l'infini, selon les ressources dont on dispose.

OLYMPE

Parfaitement, je vous remercie... et Mme Petibeau ?

PETIBEAU

Toujours souffrante, la pauvre chérie !... Cette nuit encore la fièvre l'a beaucoup tourmentée... Mais, dites donc, quand on va sur 65 ans... (*Il dépose une pièce de monnaie sur le bureau et Olympe remplit sa tabatière*).

OLYMPE

Asseyez-vous donc un petit moment, monsieur Petibeau... Cela me fait tant plaisir de causer avec vous. (*Petibeau s'assied*). Donc, la santé de votre épouse laisserait encore à désirer ?

PETIBEAU

Hélas oui : Léontine est complètement affaissée et n'a plus le cœur à l'ouvrage.

OLYMPE

(*Moqueuse*). Oh, l'ouvrage d'une concierge...

(*Client muet*).

PETIBEAU

(*Pincé*). Alors, selon vous, son devoir consisterait uniquement à balayer les escaliers, toucher les termes et tirer le cordon ?

OLYMPE

Il me semblait, en effet...

PETIBEAU

Erreur profonde, mademoiselle, grossière erreur !... Aussi cela me fait hausser les épaules quand je vois des propriétaires assez naïfs pour confier leurs loges à des provinciaux. (*Avec autorité*). Je ne crains pas de l'affirmer : pour être bon concierge il faut posséder une intelligence supérieure, avoir beaucoup vécu, et connaître son Paris sur le bout du doigt.

OLYMPE

Vraiment !

PETIBEAU

Ainsi, Léontine, ma bien chère épouse,

faisait partie du ballet de l'Opéra quand j'eus l'honneur d'attirer son attention. En ce temps-là, j'occupais une partie de choriste dans le même établissement. J'étais beau, elle était belle, et nos talents furent célébrés maintes fois dans des flots de champagne... Oh ! le champagne ! Mademoiselle ! le champagne ! Il n'y a rien au-dessus de ce divin nectar pour développer les idées et former la jeunesse. Par exemple, Mademoiselle, vous avez une fille de 19 à 20 ans...

OLYMPE

(*Protestant.*) Oh !

PETIBEAU

C'est une supposition... une simple supposition. Vous avez, dis-je, une fille de 19 à 20 ans, bête à faire pleurer, rougissant au moindre propos galant, et timide au point de ne jamais vouloir sortir sans sa mère... (*Energiquement*). Eh bien, mettez-moi ça au champagne pendant trois mois, et vous m'en direz des nouvelles...

OLYMPE

. Je ne suis pas compétente, Monsieur Petibeau.

(*Clients muets*).

PETIBEAU

Oui, je le répète, il faut avoir beaucoup vécu pour remplir convenablement à Paris, les difficiles et délicates fonctions de concierge...

Vous raconter mon existence m'entraînerait trop loin : un bénédictin mourrait à la peine. Je me contenterai de vous rapporter une simple anecdote. A quarante-cinq ans, j'étais encore assez bien de ma personne pour faire la conquête d'une grande dame de la Cour de Napoléon III : je l'avais positivement séduite par une magistrale rentrée de basse dans *Les Huguenots* ; et cette belle personne, laissant de côté toutes les lois de l'étiquette, vint me féliciter dans les coulisses... C'était une brune, extrêmement jolie, et distinguée !... Je la vois encore dans mes rêves... Madame Petibeau, alors ma fiancée, ne put s'empêcher de se montrer jalouse. S'avançant vers la dame de la Cour, avec cette dignité dont elle adorne encore ses moindres gestes, elle lui dit simplement : « *Vous pouvez vous taper !* » Sur ce, elle lui tourna les talons, en faisant une de ces pirouettes admirées pendant plus de 20 ans par les messieurs de l'orchestre.

Olympe

C'était grave !

Petibeau

Evidemment. Cette dame avait du crédit à la Cour ; elle pouvait nous faire du tort. Mais j'arrangeai facilement cette mauvaise affaire...

Olympe

Comment cela ?

Petibeau

La grande dame... (*il aspire une forte prise et ricane*)... ne se tapa pas du tout !..

(*Clients muets*).

Olympe

(*Minaudant*). Oh, monsieur Petibeau, vous me racontez des choses...

Petibeau

Elle ne laissa pas, par la suite, de se montrer charmante envers Léontine : non-seulement elle voulut devenir son amie, mais encore lui faire cadeau de deux couverts d'argent, gravés aux initiales : D. A.

Olympe

D. A. ?

Petibeau

Oui. *D. A. : don amical...* Combien grandes, n'est-ce pas, l'ingratitude des hommes et l'injustice des pouvoirs publics !... Ainsi, après avoir contribué pendant des années à faire de l'Opéra français la première scène du monde, nous devons nous estimer très heureux, si la vieillesse nous en chasse, de trouver un refuge dans les loges d'où nous étions sortis... Il y a mieux, Mademoiselle, on ne laisse pas de nous mépriser, on nous donne toutes sortes de noms injurieux : *portiers*, *pipelets*, et pis encore. C'est un grand tort, car si nous détournions nos filles de la carrière artistique, le Conservatoire fermerait bientôt ses portes, nos grands théâtres péricliteraient, les restaurants de nuit, les couturières, les modistes et bijoutiers tomberaient dans le marasme... Ainsi, vous connaissez bien Mademoiselle Clara des Haudriettes, la célèbre danseuse ?... Elle a déjà ruiné deux marquis, cinq comtes et quatre fabricants de sucre...

OLYMPE

Je l'ai là... en carte postale.

PETIBEAU

Son père est concierge dans la rue Rambuteau !...

OLYMPE

Vraiment !

PETIBEAU

Vous n'êtes pas sans avoir entendu parler de Mademoiselle Denise de Landerneau : elle tient les premiers rôles à l'Opéra-Comique et on la dit même, en ce moment, sur le point d'épouser un prince russe...

OLYMPE

Les journaux causent beaucoup d'elle, en effet.

PETIBEAU

C'est la neuvième fille d'un concierge du boulevard de la Chapelle !... Je n'en finirais pas s'il fallait nommer toutes les sommités lyriques, chorégraphiques et dramatiques sorties de nos loges. Et comme je suis très instruit, du moins on le dit...

OLYMPE

Ah !...

PETIBEAU

Je vous crois : avant d'entrer à l'Opéra, je faisais des rôles chez un notaire.

OLYMPE

(*Joignant les mains.*) Chez un notaire !

PETIBEAU

Oui, ma chère, chez un notaire !... Comme j'ai reçu, dis-je, beaucoup d'instruction, j'eus l'audace, lors de la dernière réunion de notre syndicat, devant plus de mille personnes, de dire ce mot, dont la presse n'a pas manqué de faire son profit : « *La loge du concierge est le haras des Beaux-Arts !* »

(*Clients muets*).

SCENE II

Les mêmes, DUPONT

(*Il prend un cigare et au moment de l'allumer, tombe en extase devant un vieux baromètre fixé à la muraille*). Mais... je ne me trompe pas... voici un baromètre sorti des ateliers d'Yvann Péterka, le célèbre opticien du pays des Slaves... (*Il se découvre respectueusement*). Joli !... idéal !... superbe !... Serait-il à vendre ?

OLYMPE

Oh non, Monsieur.

DUPONT

(*Continuant à examiner le baromètre*). Je le paierais cependant un bon prix.

OLYMPE

Je vous le répète, Monsieur, ce baromètre n'est pas à vendre : c'est un souvenir familial dont j'ai promis de ne jamais me séparer.

DUPONT

Voyons, Mademoiselle, réfléchissez, je vous en prie.

OLYMPE

C'est tout réfléchi ; inutile d'insister.

DUPONT

Alors, pour devenir propriétaire du baromètre, il y aurait vraisemblablement obligation de vous épouser ?

OLYMPE

(*Sèchement*). Peut-être, mais il faudrait d'abord me plaire.

DUPONT

Tous mes regrets, Mademoiselle, mes sincères regrets de ne pouvoir faire acte de prétendant : je suis marié et père de 14 enfants. (*Réfléchissant.*) Au fait, est-ce bien 14 ?... (*Il compte mentalement sur ses doigts*). Non c'est 13... mais le 14ᵉ est attendu... dans une quinzaine de jours. (*Il se retire en faisant de grandes salutations*). Salut!... Respect!... Honneur!...

SCÈNE III

OLYMPE, PETIBEAU

PETIBEAU

En voilà un vieux fou !... 14 enfants !

OLYMPE

Je ne suis pas compétente, Monsieur Petibeau !... Alors, la gérance d'une loge, me disiez-vous tout à l'heure, présenterait beaucoup de difficultés ?

PETIBEAU

Assurément... si l'on veut en tirer profit. Il est nécessaire, par exemple, de se tenir au courant des potins, des indiscrétions ; nous trouvons pour cela les premiers éléments chez les domestiques de nos locataires.

OLYMPE

Si vous tablez sur les médisances de l'office, ou les calomnies de l'antichambre, vous avez beaucoup de chances d'être induit en erreur.

PETIBEAU

(*Avec un grand geste*). Le concierge sait tout, mademoiselle, je puis vous l'affirmer. D'ailleurs, nos moyens d'informations sont illimités : outre les confidences des domestiques, nous avons les lettres, les poulets parfumés, les bouquets, le papier bleu des huissiers...

OLYMPE

(*Emerveillée*). Vous comprenez les grimoires des huissiers, M. Petibeau ?... C'est vrai, j'oubliais : (*avec emphase*) vous fîtes des rôles chez un notaire !...

PETIBEAU

Oui, ma chère, chez un notaire.

OLYMPE

Mais, les lettres ?

PETIBEAU

Une grande délicatesse de doigté est indispensable.

OLYMPE

(*Scandalisée*). Vous décachetez les lettres de vos locataires ?

PETIBEAU

Le mot *décachetez* est un peu vif ; nous nous contentons de prendre connaissance de leur contenu par des moyens adroits. Le verso d'une enveloppe, vous l'avez remarqué sans doute, se divise en 4 parties : 3 sont réunies à l'avance par le fabricant et la 4e se rabat sur les autres en l'humectant avec de la salive ?

OLYMPE

C'est bien cela.

PETIBEAU

Pour ouvrir discrètement une lettre, il ne s'agit pas de s'attaquer à la 4e partie collée avec la langue ; ce serait plutôt dangereux. Il faut, au contraire, ouvrir les trois autres parties soudées à l'avance. Avec un peu de pratique on y arrive facilement : on chauffe la lame d'un canif et on la fait glisser dans les fermetures... Un vrai beurre !... Puis on referme proprement avec un peu de seccotine.

OLYMPE

C'est le cas de dire : on s'instruit à tout âge !

(*Clients muets*).

PETIBEAU

Il existe encore un moyen plus commode : on expose l'enveloppe sur une bouillotte et la vapeur fait ouvrir gentiment toutes les parties collées !... Mais voilà, si le papier est de mauvaises qualité, il se dilate considérablement et pour réunir le tout, il convient d'attendre le séchage... Forcément, il arrive des accidents...

OLYMPE

Alors ?

PETIBEAU

Pour éviter des histoires, on jette la lettre au feu.

OLYMPE

Cela devient grave !...

PETIBEAU

La lettre n'est pas arrivée à destination, voilà tout !... L'Administration des postes a le dos bon...

OLYMPE

Enfin, vous réussissez à connaître les secrets de vos locataires, je veux bien l'admettre, mais je me demande comment cette indiscrétion peut vous servir ?

PETIBEAU

A renseigner beaucoup de monde, moyennant finances ou certaines faveurs : les banquiers, les agents d'affaires, les vieux marcheurs et les policiers.

OLYMPE

(*Surprise*). Les concierges sont de la police ?

PETIBEAU

Ils en constituent, tout au moins, les meilleurs auxiliaires. J'irai même plus loin : le jour où les concierges se mettraient en grève, Paris se trouverait sans défense et offrirait une proie facile à la révolution. Ainsi, dans le cours de ma carrière, sept malfaiteurs et douze anarchistes ont pu, snr mes indications, être traduits devant la justice de notre pays. Mais, la Préfecture est ingrate ; elle ne sait pas récompenser les initiatives privées : ses agents officiels reçoivent croix et médailles, et moi j'attends encore... le Mérite agricole !...

OLYMPE

(*Convaincue*). En l'espèce, le Gouvernement me paraît souverainement injuste.

PETIBEAU

La rémunération est assurément minime quand il s'agit de renseignements demandés par les agences et les banquiers, mais nous avons la satisfaction de punir discrètement les locataires trop pingres au moment des étrennes : (*avec énergie*) nous leur coupons tout crédit sur la place de Paris !... La vengeance, vous ne l'ignorez pas, est un plaisir des dieux... Restent donc les vieux marcheurs... mais c'est la spécialité de Mme Petibeau. On ne saurait se figurer combien Léontine s'entend à rouler les hommes...

OLYMPE

Je ne suis pas compétente, Monsieur Petibeau, mais en tous cas favoriser la débauche est une indignité, je vous assure.

PETIBEAU

Oh ! dans une loge respectable comme la nôtre, aucun billet suspect ne parvient à son adresse. Nous le lisons, Léontine et moi en savourant notre demi-tasse, puis ce document confidentiel rejoint, dans le fourneau de la cuisine, les enveloppes communes achetées dans les bazars.

SCÈNE IV

Les mêmes, LEBLOND

Leblond

(*Saluant*). Mademoiselle Olympe Camusat ?

Olympe

C'est moi, mon brave homme.

Leblond

Je viens prendre les mesures.

Olympe

Les mesures... ?

Leblond

N'avez-vous pas vendu votre baromètre à un chauffeur ?

Olympe

(*Vivement*). Non, Monsieur, non !... Si un chauffeur vous a dit le contraire, il ment effrontément... Vous pouvez le lui dire de ma part.

Leblond

(*S'excusant*). Où il y a erreur, il ne peut avoir offense. (*A part*). Je vais rechercher mon client et m'expliquer catégoriquement avec lui : on ne me fait pas marcher, moi !... (*Il sort en faisant un geste menaçant*).

SCÈNE V

OLYMPE, PETIBEAU

Olympe

(*Affaissée*). J'en mourrai sûrement si cette comédie dure longtemps.

Petibeau

Vous ne voudriez pas !

Olympe

Songez donc, M. Petibeau... Un mauvais plaisant fit annoncer ces jours derniers dans plusieurs grands journaux la mise en vente de mon baromètre autrichien... A ce sujet, j'ai déjà reçu environ 300 lettres, dont 103 recommandées, une vingtaine de télégrammes et plus de 40 visites.

PETIBEAU

A votre place, je prendrais bien vite mon parti de ces fumisteries: elles n'ont pas même le mérite d'être spirituelles.

OLYMPE

Assurément, les lettres et dépêches ne me gênent pas autrement, mais il n'en saurait être de même des visites. Car, sur ma réponse invariablement négative, les amateurs ne manquent pas de se mettre en colère : « Quand on n'a pas de baromètre à vendre, s'écrient-ils, on ne l'annonce pas dans les journaux ; on ne fait pas perdre ainsi le temps à quantité d'honnêtes gens ». Puis, ils s'en vont en me disant des injures.

SCÈNE VI

Les mêmes, POLYTE et ZIDORE

(Ces derniers entrent bras dessus, bras dessous).

ZIDORE

(Un peu pris de boisson). Polyte, c'est mon tour, je t'offre un cigare à deux ronds.

POLYTE

(Complètement abruti par l'ivresse et essayant d'ouvrir les yeux). Oui, gas !...

ZIDORE

Préfères-tu un demi londrès ?

POLYTE

Oui, gas !

ZIDORE

Deux demi londrès !... Nous les grillerons en allant prendre le train à *Montpernâsse...*

POLYTE

Oui, gas !... *(Ils allument leurs cigares avec les plus grandes difficultés d'équilibre).*

ZIDORE

Filons vite, il est onze heures 55.

POLYTE

Oui, gas !... (*Ils sortent l'un portant l'autre*).

SCÈNE VII

OLYMPE, PETIBEAU

OLYMPE

Comment les hommes peuvent-ils se mettre dans de pareils états !...

PETIBEAU

C'est navrant, en effet. Aussi sous ce rapport, je ne mérite aucun reproche sérieux... Je me permets seulement un petit extra le jour de la fête de Léontine... Il faut bien se tenir à la hauteur des circonstances, n'est-ce pas ?

OLYMPE

Je ne suis pas compétente, M. Petibeau.

PETIBEAU

Une bonne bouteille de champagne me rend tout à fait entreprenant : elle me donne des idées folâtres et subjugatoires...

OLYMPE

(*Scandalisée*). Oh !

PETIBEAU

Dame, le reste de l'année on fait son possible, mes moyens ne me permettent plus d'acheter mon vin chez la veuve Cliquot... D'ailleurs le service de la loge nous oblige à faire chambre à part. Le va-et-vient des locataires empêche, à cause du cordon, de reposer sérieusement. Aussi, pour ne pas être deux à passer les nuits blanches, je couche en haut... et Léontine en bas.

OLYMPE

(*Très surprise*). Vous, en haut... et elle... en bas !

PETIBEAU

Rassurez-vous, Mademoiselle... (*Confidentiellement*). Si je m'ennuie en haut, je descends en bas, sur les minuit moins le quart, en robe de chambre avec mon oreiller sous le bras... Léontine comprend tout de suite.

OLYMPE

Je ne suis pas compétente, Monsieur Petibeau.

PETIBEAU

Vraiment !... A votre âge, vous ne connaissez rien, rien

OLYMPE

Mais non, rien, vous dis-je. (*Faisant claquer l'ongle du pouce sur les dents supérieures*). Pas ça !...

PETIBEAU

Vous me surprenez.

OLYMPE

Dans le temps où j'étais jeune et jolie — car je fus jolie, M. Petibeau (*celui-ci salue*), des messieurs fort aimables m'entouraient journellement, mais je ne fus jamais assez stupide pour me laisser prendre à leurs phrases enguirlandées. Dons ces sortes de rencontres, l'homme ne risque rien ; la jeune fille, au contraire, risque tout : son avenir et le bonheur de toute sa vie... Hélas ! me voici vieille, maintenant, et peut-être ne connaîtrai-je jamais les joies d'une affection pure et honnête.

PETIBEAU

Ne regrettez rien, ma bonne demoiselle : une fois, deux fois, je ne dis pas ; la curiosité féminine est parfois impérieuse. Mais, je ne puis m'empêcher de bouillir d'indignation quand je vois les romanciers écrire bêtement : l'amour, c'est ci... l'amour, c'est ça... et patati... et patata, comme je plains l'humanité si j'entends les poètes chanter avec succès: « L'amour, c'est amusant... l'amour, c'est rigolo ! » Eh bien, voulez-vous là-dessus vous en rapporter à l'expérience de Mme Petibeau, et elle s'y connaît : « Le jeu, dit-elle, n'en vaut pas la chandelle! »

(*Clients muets*).

OLYMPE

(*Distraite*). Ah ! il faut de la chandelle !

SCÈNE VIII

Les mêmes, BERTIN

BERTIN

(*Saluant*). Un monsieur m'a chargé de prendre chez vous une caisse assez longue pour l'expédier en grande vitesse.

OLYMPE

Je ne comprends pas très bien... Comment est-il ce monsieur ?

BERTIN

C'est un chauffeur tout poilu, avec une casquette de cuir et des lunettes à bœufs... Ces gens-là font rudement tort à la rotonde du Jardin des plantes.

OLYMPE

Enfin, expliquez-vous... Vous n'êtes pas sans connaître la nature du colis réclamé ?

BERTIN

Mais, c'est un baromètre !

OLYMPE

(*Se trouvant mal*). A moi, M. Petibeau!

BERTIN

(*A part*). Il y a du pétard... filons !... Je suis déjà bien en retard dans mes courses.

SCÈNE IX

OLYMPE, PETIBEAU

PETIBEAU

(*Prodiguant ses soins à Olympe*). Faut-il vous délacer ?

OLYMPE

(*Vivement*). Merci, non !... (*D'une voix dolente*). Donnez-moi le flacon d'eau de Cologne, là-bas... (*Elle le respire, puis imbibant son mouchoir, elle se mouille les tempes*).

PETIBEAU

Allons... cela va mieux, n'est-ce pas ?...
Comment semblable plaisanterie a-t-elle
pu vous mettre en cette position ?

OLYMPE

(*Revenant à elle, peu à peu*). Je suis
très impressionnable, je l'avoue, mais
aussi trop persécutée par mes conci-
toyens : la coupe finit par déborder.

PETIBEAU

Comment cela ?

OLYMPE

Si j'étais seulement tournée en ridi-
cule par les hommes, je pourrais m'en
consoler car, c'est une justice à leur
rendre, ils s'arrêtent toujours quand ils
voient perler une larme dans les yeux
de leurs victimes. Mais s'il s'agit de
gamins, c'est autre chose : plus il vous
voient souffrir, plus ils s'acharnent...
(Client muet).

PETIBEAU

Je ne vois pas comment les enfants
pourraient vous gêner à ce point.

OLYMPE

A coups d'épingles... Ainsi, sur les
contrevents de mon bureau de tabac, ils
écrivent avec de la craie, parfois même
avec de la peinture : *Fermé pour cause
de sommeil,* ou bien encore : *Fermé
pour cause de purgation.* De plus, tous
les matins, je trouve reproduit sur ma
maison, plus de vingt fois, le mot de
Cambronne, dans tous les genres d'écri-
ture : la *cursive* le dispute à la *ronde,*
la *bâtarde* s'allonge à côté de la *gothi-
que.*

PETIBEAU (*sentencieux*)

La muraille
Est le papier de la canaille

OLYMPE

Tenez, je vais vous donner, séance
tenante, une preuve de l'inconduite de
ces garnements... Ils viennent de des-
cendre de leurs écoles, et certainement

ils auront encore mis des insolences sur mes volets.

PETIBEAU

En plein jour ! Vous n'y songez pas !...

OLYMPE

Allez voir, je vous prie ! (*Petibeau se rend sur le seuil de la porte, se penche pour examiner les contrevents et revient le visage attristé*). Vous avez découvert de nouvelles horreurs ?

PETIBEAU

(*Embarrassé*). Oh !... peu de chose...

OLYMPE

Mais encore ?

PETIBEAU

Heu !...

OLYMPE

Je vous en prie...

PETIBEAU

Ils ont écrit : « *Fermé pour cause de naissance* ».

OLYMPE

(*Se levant toute droite, comme mue par un ressort*). C'est une horrible diffamation !... et, sans plus tarder, je porte plainte au Parquet. (*Elle se rassied et saisit fébrilement une plume et une feuille de papier*).

PETIBEAU

Calmez-vous, Mademoiselle. Il n'y a pas intérêt à saisir les tribunaux d'une méchante peccadille...

OLYMPE

(*Frémissante*). Peccadille !... Vous appelez cela *peccadille*, M. Petibeau !... Mais songez donc : je suis une pauvre fille de 60 ans, dont toute la fortune consiste en sa vertu, son bureau de tabac et le baromètre de son grand-père !

PETIBEAU

Par exemple !... Vous pouvez bien vous moquer de la calomnie !... N'êtes-vous pas honorablement connue dans le quartier ?... Votre existence matérielle n'est-elle pas assurée pour toujours ?

(*Client muet*).

OLYMPE

(*Se remettant peu à peu*). Allez, on ne fait pas des mille et des cents dans notre métier... Si nous n'avions pas la tabletterie, les journaux et de petits articles de vente courante, on ne s'y retirerait pas... Voici un paquet de tabac de 50 centimes... devinez un peu combien nous gagnons à le vendre ?...

PETIBEAU

Un sou, deux sous peut-être...

OLYMPE

Vous n'y êtes pas : Deux centimes seulement... Au détail, c'est encore pis, car jamais, si les pesées sont franches, on ne retrouve son poids.

SCÈNE X

Les mêmes, un voyageur

LE VOYAGEUR (*pressé*)

J'aperçois dans votre vitrine des bonbons rafraîchissants. Combien les vendez-vous ?

OLYMPE

Deux francs la livre.

LE VOYAGEUR

Donnez m'en donc un quart, s'il vous plaît !... (*Olympe pèse et remet un petit sac au client. Celui-ci goûte l'un des bonbons et fait une grimace effroyable*). Oh! là là!... Je suis empoisonné ! (*Il tire le bonbon de sa bouche et l'examine*). Mais, je ne me trompe pas... ce sont des crottes de lapin roulées dans du blanc d'Espagne !

OLYMPE

Mes clients m'en ont pourtant toujours fait des compliments.

LE VOYAGEUR

(*Avec volubilité*). Oui, mais cela ne prend pas avec le voyageur en baudruche de la Société Blum, Meyer et Compagnie, Usines à Pantin et à Levallois, Maison de vente, rue de l'Echiquier, 23, 25 et 27, près l'atelier de l'emballeur, et rue Quincampoix, 8 et 10, capital : Dix millions entièrement réalisés.

OLYMPE

Cependant, monsieur...

LE VOYAGEUR

La voilà votre mort-aux-rats... rendez-moi mes dix sous !

OLYMPE

S'il fallait rendre l'argent, il n'y aurait plus de commerce possible.

LE VOYAGEUR

(*Furieux*). Voulez-vous me donner mes dix sous ?... Si non j'appelle un sergent de ville (*Olympe lui rend sa pièce de monnaie*). Cela n'est pas malheureux !... En voilà une vieille voleuse !... (*Il sort avec fracas, puis il entr'ouvre la porte et passe la tête*). Oui, vieille voleuse, je ne l'envoie pas dire.

PETIBEAU

(*A part*). Cela commence à se gâter là-dedans : les marchandises ne sont pas loyales. (*Haut, prenant congé*). Mes hommages, chère demoiselle, je suis obligé de rentrer vite à la maison, pour préparer la potion de Léontine.

OLYMPE

Meilleure santé, Monsieur Petibeau, bien des choses aimables à votre dame.

(*Clients muets*).

SCÈNE XI

OLYMPE, UN GAMIN

(*Outrée, à un gamin qui entre, portant une grande souricière*). Ah, c'est toi, mauvais sujet !... Je t'ai surpris, l'autre jour, écrivant des ordures sur les fenêtres de mon magasin... Tu finiras par aller en prison, bien sûr...

LE GAMIN

Pour obtenir votre pardon, Mademoi-

selle, je vous apporte une charmante
famille de souris... Il y en a douze et j'ai
eu bien du mal à les prendre...

OLYMPE

(*Epouvantée*). Veux-tu bien t'en aller...
avec tes vilaines bêtes.

LE GAMIN

Quand je fais un cadeau, c'est de bon
cœur, je ne regrette rien : elles sont, du
reste, très belles et de bonne venue (*Il
lâche les souris sous le comptoir et sort
précipitamment avec sa souricière*).

SCÈNE XII

OLYMPE, puis LOYAL

OLYMPE

(*Elle pousse un cri terrible, monte
sur sa chaise et secoue vigoureusement
ses jupons*). Oh là là !... j'en sens une...
là... elle monte... elle monte... Au secours,
au secours !

LOYAL

(*Entrant, très froid*). On vous assas-
sine ?...

OLYMPE

Je suis dévorée par des souris !

LOYAL

Simple idée, je vous assure. C'est facile d'avoir une souricière... mais des
souris...

OLYMPE

Il me semblait pourtant !... (*Elle des-
cend avec précaution puis à peine assise,
pousse un nouveau cri et remonte sur sa
chaise*). Quand je vous l'affirme, Monsieur..., il n'y a pas à dire... (*D'une voix
stridente*). J'ai une souris dans mon pan-
talon !... (*Elle se démène un moment et
redescend*). Ces gamins finiront par me
faire mourir de chagrin.

LOYAL

(*Toujours très froid, hausse les
épaules et considère longuement le baromètre*). Les uns le disent valoir

15.000 francs, d'autres 15 sous. Il y a de l'exagération de part et d'autre... Certainement, sa valeur excède 15 sous, mais de combien ?... De plus, on me l'a dit, la propriétaire ne veut s'en défaire à aucun prix... On peut tout de même essayer... (*Haut, avec une politesse exagérée*). Mademoiselle Camusat ?

OLYMPE

(*A part*). Il n'a pas l'air catholique, celui-là : il est trop poli. (*Haut*). C'est moi, Monsieur.

LOYAL

Mademoiselle Camusat est aimable... très aimable, on ne m'avait pas trompé.

OLYMPE

(*A part*). Est-il donc séduisant ! (*Haut, en minaudant*). Vous me flattez, bien sûr.

LOYAL

Ne le croyez pas, Mademoiselle, je parle sans arrière-pensée, je suis franc comme l'or : on m'appelle Loyal et suis, par conséquent, normand d'origine.

OLYMPE

Piètre recommandation ! car, je l'ai remarqué souvent : le normand trompe en flattant, le bourguignon en riant et le breton en faisant la bête. Or, en principe, j'éprouve une sympathie médiocre pour les habitants de ces trois provinces... Ils sont si dangereux !...

LOYAL

Je me suis dit : « Mademoiselle Camusat... » Voulez-vous me confier un instant votre prénom ?

OLYMPE

Olympe.

LOYAL

Je me suis dit : « Mademoiselle Olympe Camusat est journellement sollicitée au sujet d'un instrument météorologique des plus curieux, mais elle ne veut pas consentir à le céder. Il est facile de déduire la raison de ces refus réitérés : les amateurs se sont présentés chez elle d'une façon discourtoise et n'ont pas su apprécier, comme il convient, le charme dont toute sa personne est imprégnée ». Aussi, Mademoiselle, me permettrai-je de vous poser une question : Voulez-vous me vendre votre baromètre ?

OLYMPE

C'est impossible, Monsieur.

LOYAL

Tous mes regrets, charmante et jolie demoiselle.

OLYMPE

(*Emue, à part*). Il me trouve charmante et jolie... Oh, mon pauvre cœur ! (*Haut*). J'aurais mauvaise grâce, tant vous êtes spirituel, à ne pas vous dire pourquoi je ne puis me séparer de ce baromètre, dont la possession pourtant m'a valu et me vaut encore bien des peines.

LOYAL

Voyons cela.

OLYMPE

Mon grand-père, Polycarpe Camusat, fit les campagnes de l'Empire en qualité de lieutenant de carabiniers. Le hasard de la guerre l'ayant conduit à Vienne, il eut l'avantage de faire la connaissance d'une duchesse levantine dont il obtint les faveurs... Cela dit, entre nous, n'est-ce pas, car je serais bien coupable de ternir la mémoire de mon aïeul.

LOYAL

Cette délicatesse vous honore, Mademoiselle.

OLYMPE

Au moment des adieux, la duchesse lui fit présent du baromètre dont il s'agit, en disant : « Tenez, joli Français, recevez cet instrument de précision, en souvenir de nos amours. Il est au beau fixe et je souhaite, tant je vous affectionne, de le voir se maintenir longtemps encore dans des régions aussi élevées.

LOYAL

(*Examinant le baromètre*). Il a bien changé depuis : 10 degrés au-dessous de zéro et nous sommes au 15 juillet !

OLYMPE

Il ne marche plus ; le temps a raison de tout, hélas !... Néanmoins, mon grand-père chérissait ce souvenir de jeunesse. A son lit de mort, il me tint ce langage : « Jure-moi, ma petite Olympe, de garder ce baromètre si cher à mon cœur, de ne t'en séparer jamais... C'est un talisman merveilleux... tôt ou tard il te portera bonheur, en favorisant ton établissement »... Cela dit, Monsieur, à combien estimez-vous mon baromètre ?

LOYAL

C'est une question d'amateur... dix mille francs, peut-être.

OLYMPE

(*Insinuante*). C'est la dot de bien des jeunes filles.

LOYAL

Effectivement.

OLYMPE

(*Un peu courbée, quitte son comptoir et rejoint Loyal au milieu de la scène*). Et... comme vous ne me trouvez pas trop mal...

LOYAL

(*Goguenard*). Comment donc !...

OLYMPE

Peut-être pourriez-vous, d'un seul coup posséder le baromètre et... (*Un gamin montre sa tête à la porte et écoute la conversation*).

LOYAL

Il conviendrait de vous épouser ?

OLYMPE

En toute sincérité, je ne vois pas d'autre solution, car je vous suppose libre de tous liens.

LE GAMIN

(*A part*). Bon ! la mère Pèse-Léger

flirte à présent !... Nous allon rire. (*Il disparaît*).

LOYAL

Sans doute je suis libre et sans famille.

OLYMPE

Nous pourrions alors, un peu tardivement, à la vérité...

LOYAL

Quoi donc ?

OLYMPE

Savourer ensemble les joies... du mariage.

LOYAL

Les joies du mariage!... Oh là là, je les connais déjà trop : je suis veuf pour la quatrième fois...

OLYMPE

Trop, dites-vous... Alors vos épouses n'étaient pas précisément sympathiques?

LOYAL

Superbes, au contraire : la première était *urf*, la seconde *bath*, la troisième *gironde* et la quatrième *aux pommes*.

OLYMPE

Je ne comprends plus.

LOYAL

(*Navré*). Pas de santé, Mademoiselle, pas de santé ! La plupart des femmes d'aujourd'hui manquent d'estomac... Comprenez bien : j'ai conclu ces alliances dans l'espace de 25 années, et pendant un quart de siècle, ma maison fut saturée d'odeurs épouvantables : c'était un panaché de séné, de phénol et d'huile de ricin... Il m'a fallu, pendant plus de deux ans, brûler des mains de papier d'Arménie pour désinfecter mon logis... Franchement, sur le déclin de ma vie, je ne serais pas fâché de m'amuser un peu...

OLYMPE

(*Posant ses mains sur son abondante poitrine*). Oh moi, je me porte très bien.

LOYAL

Songez, de plus, à la situation d'un homme veuf pour la quatrième fois !... Malgré lui, il établit continuellement des comparaisons entre ses feues conjointes... et c'est un travail fatigant pour les méninges... Si je devenais veuf une cinquième fois, je tomberais sûrement neurasthénique.

OLYMPE

En résumé, convenez-en, votre existence ne fut pas, dans le passé, des plus agréables.

LOYAL

C'est selon : aux soirées néfastes succédèrent des matinées ensoleillées. Ainsi, j'ai eu l'honneur de conduire au tombeau mes quatre belles-mères! (*Il tire son mouchoir, s'éponge les yeux et poursuit d'une voix émue*). Evidemment... **de semblables félicités... pansent bien des blessures... et font oublier... bien des amertumes.** (*Il sanglote*). Mais, j'ai du cœur, allez, et serais bien blâmable de montrer la moindre ingratitude envers ces dames, dont le départ pour les régions célestes fut à la fois discret et prématuré (*Il pleure à chaudes larmes*). Il n'est pas de jour... où je ne supplie le bon Dieu... de les tirer du Purgatoire... pour leur donner les sièges les mieux rembourrés de son Paradis.

OLYMPE

Ce sentiment part d'un cœur généreux: vous êtes digne de trouver le bonheur dans un mariage sérieux.

LOYAL

Une cinquième union !... et avec une personne de votre âge !... Toujours en deuil, alors !... Autant me faire teindre en nègre tout de suite... Oh, les occasions de me remarier n'ont pas fait défaut. Dernièrement encore, des amis communs me ménagèrent une entrevue discrète avec une veuve absolument idéale: jeune, jolie, riche et n'ayant jamais éprouvé la nécessité de recourir aux Pilules orientales pour meubler son corsage... Aussi, mon cœur complètement emballé, soupirait-il dans le tympan de la belle une déclaration pleine de poésie. Mais hélas ! à ces accents passionnés, elle répondait par des clichés populaires : *Pensez-vous !* ou bien encore : *Ah oui, je comprends.* Toute sa culture intellectuelle n'allait pas au-delà de ces vulgaires interjections. Or, si après le banal pot-au-feu conjugal, votre compagne ne va pas au delà des : *Pensez-vous ; ah oui, je comprends,* au bout de huit jours on doit éprouver un pressant besoin de demander le divorce.

OLYMPE

Vous en concluez ?

LOYAL

La conclusion est des plus simples : je ne veux rien savoir.

OLYMPE

L'intérêt même serait-il impuissant à vous faire revenir sur une décision aussi extrême ?

LOYAL

Peut-être pas... mais il faudrait de gros intérêts.

OLYMPE

D'abord, vous aimez les femmes instruites ?

LOYAL

Naturellement, je suis bachelier.

OLYMPE

Eh bien, il y a 40 ans, je passai avec succès les examens du Brevet supérieur.

LOYAL

(*Saluant, lui tendant la main*). Touchez-là... vous avez mon estime.

OLYMPE

Or, quand on a son brevet supérieur, l'esprit est suffisamment cultivé pour ne pas borner sa conversation à des *Pen-

sez-vous ou à des: *Ah oui, je comprends.*
On ne manque pas de choses plus inté-
ressantes à dire dans l'intimité.

LOYAL

C'est vrai... j'en ai fait l'expérience.

OLYMPE

(*Se rapprochant de Loyal*). J'ai... mon
baromètre.

LOYAL

(*Il se recule, en riant*). *Vade retro,
Satanas.*

OLYMPE

(*Se rapprochant toujours*). Une vingtaine de mille francs d'économies !...

LOYAL

(*Perplexe*). Certainement oui... c'est
un chiffre...

OLYMPE

(*Se rapprochant de plus en plus*). Mon
bureau de tabac peut être loué 2.000
francs...

LOYAL

(*Vivement*). Bien vrai ?

OLYMPE

*Elle pose sa tête sur l'épaule de Loyal,
et confidentiellement*) : Et puis, pour
tout dire... j'ai le droit de me marier...
en robe blanche !...

LOYAL

(*Enthousiasmé, lui passe le bras derrière
la taille*). Mais, c'est la fortune, alors !...

(*Au même moment, le gamin paraît à
la porte, pouffe de rire silencieusement,
et du haut de la scène se déroule rapidement un écriteau en calicot portant ces
mots :*

« Fermé pour cause de Mariage »

RIDEAU

ALENÇON. — IMPRIMERIE A. COUESLANT

9 782019 930172